Paginé 3-12

# ENSVIT LES GEMISSEMENS

ET DEPLORATIONS DE LA FRAN-
ce, mis en Vers & Quatrains : fur les vies &
trefpas, des 7. belliqueux dormans Seigneurs
Comte Maur-vert 1. mort, d'Ecry 2: mort,
Cardinal de Guyfe 3. mort : au fiege & deuant S. Iean d'Angely , Barons du Terme
& de Maillot, & le fieur Baradas Vicomte
de Verneul mo t, au fiege de Clerac : & illu-
ftre du Vair Garde des Sceaux de France,
decedé eftant à la fuitte de noftre Magnani-
me Roy Louys, triomphateur de Dieu, &
de fa faincte Loy, pour l'execution d'icelle,
exploictans la milice defdits fieges & autre
continuez en fuitte d'iceux.

## LE TOUT MIS COMME DIT
eft, en Quatrains, ordre, & au rang requis.

Fais & compofez, par le Sieur Hafte Ciury
d'Humilité.

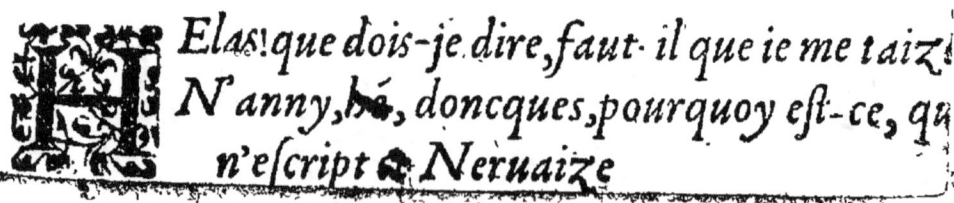

Elas! que dois-je dire, faut· il que ie me taiz!
N'anny, hé, doncques, pourquoy eft-ce, qu
n'efcript Neruaize

Que l'on tient estre Poëte, voire mesme *Mignard*
  des Portes
Du Bartas & Trelon, qu'icy (Haste i'exhorte.)
    Afin de mieux paroistre qu'à sortes de toutes gens
Qui ne pensent au grand Dieu tãt ils sont mal viuãs,
Ingrats m'escongnoissans, n'obeyssent & ne craignẽt,
Mais plustost se repaissent (pour choses qu'ils enfrei-
  gnent.)
  Ce qu'on doit obseruer, pour vray commandemẽts
Que nostre souuerain Dieu, delaisse à nous s'enfans
Pour en tout succedder, mesme en dignité
Qu'il faict d'essus nos languës, parler en Trinité.
    Ou verrõs cy descrire, tous noz plus grãds d'esseins
Riẽ d'iceux n'espargner, pour nous mõstrer mondains
ſans penser à ce Dieu, Createur de noz ames
Qui soy-mesme nous baille, amour aussi s'a flame.
    Le Printemps nous egaye, comme tendre ieunesse
ſans penser nullement, aux plus grandes richesses
Que deuons demeyner, ainsi qu'a faict Bias
ſin du tout de Dieu, en faire vn globe amas.
    Si qu'ensuiuant la piste, du Printemps à l'Esté
Tous ne voyons ces sept, qu'autres fois ont esté
ʒus braues Caualliers, au Roy, & à l'Eglise
ʒu'on à veu v'ant Clerac, & S. Ian sans feintize.
    Apres qu'en autres places, ils auoiẽt faict paroistre
ʒre fidel à Dieu & au Roy, leur bon maistre

En tels & braues effects, signalez de memoire
Qu'ils sont tels reprins, en Dieu & à sa gloire.

   Les plaines n'estoient rien, au grãd pris de ces monts
Qu'en voyons sur icelles, terrasser contre monts
Surpasser Rodomont, les quatres fils d'Edmon
Ainsi ces sept illustres, accroissoient de renom.

   En actes beliqueux, qu'appellons la milice
Tr'es-bien l'ont exploicté, & mis en exercice,
Les Loix, aussi preceptes, & les Commandemens,
Et de Dieu & du Roy, & eux obeyssans.

## Distinction.

   Ie ne veux d'esnier, que diuers sont m'estaux,
Aussi ces six illustre de rang n'estoient esgaux
Mais celuy le premier, qu'on pensoit en feintise
Est Noble Cardinal, Cardinal de Guyse.

   Qui dedãs ceste France Chrestiëne & Catholique
Tous ses sept illustres, contre ses Heretiques
Eux rebelles à Dieu, & noble Roy de France
Delaissé ont leurs vies, & leurs grandes vaillances.

   De là ne voyons rien (plus de s'ombre & couuert)
Que ce braue deffunct, Comte jadis Maur-vert
Mais dedans nos esprits, voire de plus en nos ames
Nous voyons sa presence, son amoureuse flame.

   Ainsi à iceluy y voyons, choses mortes
Ie deus plus deplorable, dequoy faut que i'exorte

*Arriuer tout soudain, & sans nulle feintize*
*La mort de c'est illustre, Cardinal de Guyse.*

   *Qui auant son trespas s'egayoit, tout en Dieu*
*Deuant nostre bon Roy, auquel il deyt l'a Dieu*
*Qu'vn enfant du Sauueur, tresfidel à son Roy*
*Apres les Sacremens, receuz en viue Foy.*

   *Quel Terme Auou Seigneur, Abregé à ce Terme,*
*Qui flamboit son espée, pour maintenir l'Eglise*
*Sa legitime Loy, son vray Roy sans feintize*
*Tant enfloit son renom, par la France en tels Termes.*
*Qu'vn Hercule paroissoit, marchoit par vn bel ordre*
*Meynant ses Collonels, Capitaines, & Soldats*
*Qu'on n'en veoyt pas vn, qui se veoye en desordre*
*Dessus nos ennemis, retentoit ses esclats.*

   *Neantmoins vous Sauueur, nostre bon creantier*
*Nous vous recongnoissons, des Autheurs le premier*
*A qui voulons cedder & obeyr en tout*
*Pardonnez à ces ames, qu'ont combatu pour vous.*

   *Maur-vert aussi Decry, qu'estiez vous beliqueux*
*Dedans la vraye milice, estiez victorieux;*
*Mais nous voyons le tout, tomber en contremons*
*Ainsi que trespassez, s'ont Roger Rodomont.*

   *Prenons garde à cecy, ie le vous deys en Haste*
*Remarquez mes escripts, gardez qu'ils ne vous gaste*
*N'on qu'aye le vouloir d'en offencer personne;*
*Mais trop mieux, me ranger à la saincte Sorbonne.*

Pour en tout supplier, prier pour nostre Roy,
Que voyons triompher pour maintenir sa Loy
Demeurions en concorde, ainsi que vrays enfans
Et dessus les peruers, il y soit triomphant.

Comme on veoyt dans Paris, Cardinal Gondy,
Auquel frere d'Ecry, sa voix faict retenty
Gemissant de ce monde la piteuse aduenture
Qu'y voyons arriuer à toute creature.

Ne mettons à demain, ce que pouuons bien faire
Car n'auons ce demain qu'à nostre Dieu & Pere
Amendons nos delices par bonnes actions
Et nous aurons de Dieu ses benedictions.

Voyons dedans nos yeux, que n'auons poinct
    Terme.
Qui nous soit en memoire, i'en regrette du Terme
Du Terme le Baron quand il estoit en vie,
Ne faisoit que paroistre aux autres sarmonie.

Que diray-ie de plus, de Dieu vray creancier
Qui nous preste à ce monde, ou demeurons vn tem
Qu'au lieu de luy complaire en ses Commandeme
Murmurons contre luy, quant nous prēd son deni

Mais ma Muze ie perds, aussi toutes mes peine
Quand ie d'eys & descript, ce qui est verité
Que nul ne s'amende, n'y demeure arresté
Ainsi ce que ie faicts, ne m'est que choses vaines.

    Y pense qui voudra, ce n'est faute de dire

Ce que Dieu me commande, & ainſi le deſcrire
Penſez y s'y vous voulez, mes bons amis Lecteurs
Croyez qu'à tous Liſeurs, Haſte(leur ſuis ſeruiteur.)
   O theaſtre inhumain, rebels de ſainct Iean
Nè pouuiez mieux paroiſtre, qu'eſtes enfans de Satã
Qu'on ne deuoit priuer, de reprinſe en Iuſtice
Pour cauſer ſes treſpas, des graues de milice.
   Executans leur vœu, au grand Dieu & au Roy
Vers leſquels & l'Egliſe meſme ſa ſaincte Loy:
s n'ont crainct nullement, de delaiſſer leurs vies
our eſmouuoir de nous, les prieres à l'enuiè.
   Que ſommes obligez, auſſi toute la France
ſes ames monſtrees, plaines d'ambition
ainſi paroiſtre au peuple, leur vraye intention
fin d'en guerdonner, en ſa toutte puiſſance.
Pour ſuccedder aux lauds, vertus auſſi prouëſſes
vn noble treſpaſſè, des Guyſe la richeſſe
quel en ſon ieune aage, apparut vn prin-temps
ecuter de Dieu (ſes vrays Commandemens.)

## Guyzars pleins de fidelitè.

Si qu'vn Soleil d'iceux, ſe rend du tout èpris
ur èmouuoir les ames, des plus nobles eſprits,
retter & gemir, l'eſcart de ſes Guyſars,
i faiſoient par leurs faicts r'aieunir les vielars:

Diſquels

Lesquels plains de vertus, & d'vne voix seraine
Palpient aussi s'escrient, en Guyse & en Lorraine
Ayons nos esperances, qui ne seront poinct vaines
N'aussi leur Armoiries, de la Croix de Lorraine.

De plus puis raisonnner des quatre fils d'Edmou
Tant estoient belliqueux, & enflez de renom
Ainsi doncques ie maluze, sans aucune feintise
Qu'en estoit ce feu Duc tres-illustre de Guyse.

Faut il que ie demeure, perderay-ie mes peines,
N'anny ie le vous iure, quãd parleray de du Mayne
Ce grand Duc, l'illustre tres-noble Capitaine,
Qui auoit dessouz luy, ce soulas de ses peines.

Quõrenomme & Redicts Bareadas en sagesse,
Dans ce bel exercisse, de Milice & prouesse
Qu'on a tousiours bien veu n'escarter nullement
Ains meyner aux assaux, les Soldats brauement

Si que ces grãds merites luy pouuoiẽt bien promettr
Que sur vn sacremol, fidel il vouloit mettre
En ce Duc Mayenne (son entierre esperance)    [ce
Dessouz ce Grãd Louys, qu'auons pour Roy de Frã

On à bien veu de plus, sa plus grande vaillantise
Combattre pour le Roy, & nostre Mere Eglise
Deuant ceste villette, qu'y appellons Clerac,
Où Dieu pour luy seruir, la reprint pour soulas.

O six braues guerriers, & six pilliers de France
Vous nous estes ternis, & frustrez d'esperance

Pour veoir qu'en ce bas môde n'y a point concordâce;
Mais changement en fin du iour de nos n'aiſſances.

    Teſmoins ſont les effeĉts de ce braue Qu'erquy
Qui penſant dire adieu à noble compagnee
Tomba à la renuerſe ſa teſte fracaſſee
Deſſus vn eſcalier, prions tous Dieu pour luy.

    Qui luy vueille enuoyer s'entiere gueriſon
Pour ſeruir noſtre Roy & ſa mere l'Egliſe,
A maintenir la Loy, accroiſſe ſa vaillantiſe.
Ou il a touſiours eu ſa vraye intention.

    Et ainſi vous Qu'erquy, nous le monſtrez tres-biē,
Que Dieu vous veut guerir, & bailler le moyen
De vous regaillardir, & chaſſer voſtre eſmoy
Pour rentrer à ſeruir voſtre Dieu & bon Roy.

    Voyons Diogenes, en ſes cherches l'anterne
Où mettoit ſa chandelle, penſant trouuer vn homme;
Mais ne le verrons pas, ny le Baron du Terme
Côbattre côme ils ont faiĉt pour le Roy en perſonne.

    Penſons doncques à la mort executeur de Dieu
N'eſpouſons vaines gloires, côme faiſons en tout lieu,
Sans penſer aux Anciens qui pleuroient de triſteſſes,
Quand n'aiſtre nous veoyent, pour miſeres ieuneſſes.

    Qu'on veoyt s'entrechoquer, auant que preniôs fin
A miſeres & angoiſſes, dans les profondes eauës
Que deuons pour ſes ames, auſſi du Vair les Sceaux,
Ce laurier d'eloquence, à preſent prendre fin.

O *Vair*, ô regretté du *Vair* reſtaur de *France*
*V*ous nous eſtes enleués, dont aurons grãd' s'ouffrãce
Si ne ſommes de vous, vous grãd Dieu des puiſſances
Aſſiſté de *Louys* noſtre preux *Roy* de *France*.

*V*oſtre conſeil du *Vair*, eſtoit au temps j'adis
La fleur d'eſſus la fleur, qui ſurpaſſiez le *Lys*
Armoirie de la *France*, & la fleur la premiere,
Le *Nectar* de laquelle nous ſeruoit de lumiere.

Pour eſclairer vn tout, dedans les grandes affaires
Ou preſidiez en tout, nous ſeruant d'vn vray *Pere*,
Mais helas nous voyons, ce noble *Vair* terny,
Ie deys ſoy treſpaſſé, qui eſt en *Paradis*.

Nos *Anciens* du paſſé pour gouuerne les *Gaules*
Preuoyent des gens illuſtres, viels & plains de ſageſſe
Qui meurs de iugement, enſloient de grand richeſſes
Que ieuneſſe du preſent, deiettent ſur l'epaule.

Pour regner la figure, en du monde renuerſé
*V*euillent les vieux reprendre, & le tout boul uerſé
Ne iugeant vne fin qu'en voyons bien diuerſes,
Et qu'auſſi-toſt le ieune, y meur comme vieleſſe.

Ie deys metamorphoſe, ainſi qu'a faict *Ouide*
En ſon temps du paſſé, que le voyons os *V*uide
S'à huge n'eſtant plus, ou mettoit ſon leuain,
Et ainſi il n'a plus, de pain ny de leuain.
A mort il ne s'eſt pas j'adis nullement mis
Quoy qu'ait eſté *Payen*, il eſt en *Paradis*

S'il plaiſt à ce grand Dieu, le Pere de toutes choſes,
Ainſi ie metaphor, Ouide metamorphoſe.

Que deuons admirer, ainſi couler le temps
Ie reuiens à du Vert qu'auions de noſtre temps
Veu regner en la France vn torent plain de Loix,
Qui maintenoit icelle, par ſes dicts & ſa voix.

Que regretté & ſouſpiré, & prie à ce bon Dieu
Le bon Dieu de nos Peres, le remettre en ſon lieu,
Dedans ce Ciel celeſte deſſus ce firmament,
Ou prions que Louys, deuienne Roy, plus grand.

Que n'a iamais eſté Charlemagne en ſa vie
Que deſſous ſon Empire, nous maintienne nos vie,
Et faire qu'en ce bas monde ſoyons en vnion,
Et qu'on n'entende plus, que vraye Religion.

Ô France, ô tous François, pleurons amerement
Redoublons nos prieres, pour Louys braue enfant
D'vn Henry redouté & jadis Roy Beliqueux
Qu'il y ſoit ſur rebellées, touſiours victorieux.

Ainſi que le verrons, ſi croyons fermement
Au Sauuenr Ieſus-Chriſt, noſtre vray ſauuement,
Non pas par fiction; mais ſans faire feintiſe,
Qu'il eſt vrayemēt d'effect dans noſtre ſaincte Egliſe.

Qu'on n'attende Natan, qui eſtoit ce Prophete
Enuoyé à Dauid, quand eſtoit petit Roy,
Des Paſteurs le Paſteur, ayant eu la houlette,
Et diſons que Louys eſt l'enfant de la Loy.
Contentement paſſe richeſſe, Viuons en Dieu en s'allegreſſe.